登場人物未満

戸塚純貴
文：くどうれいん

KADOKAWA

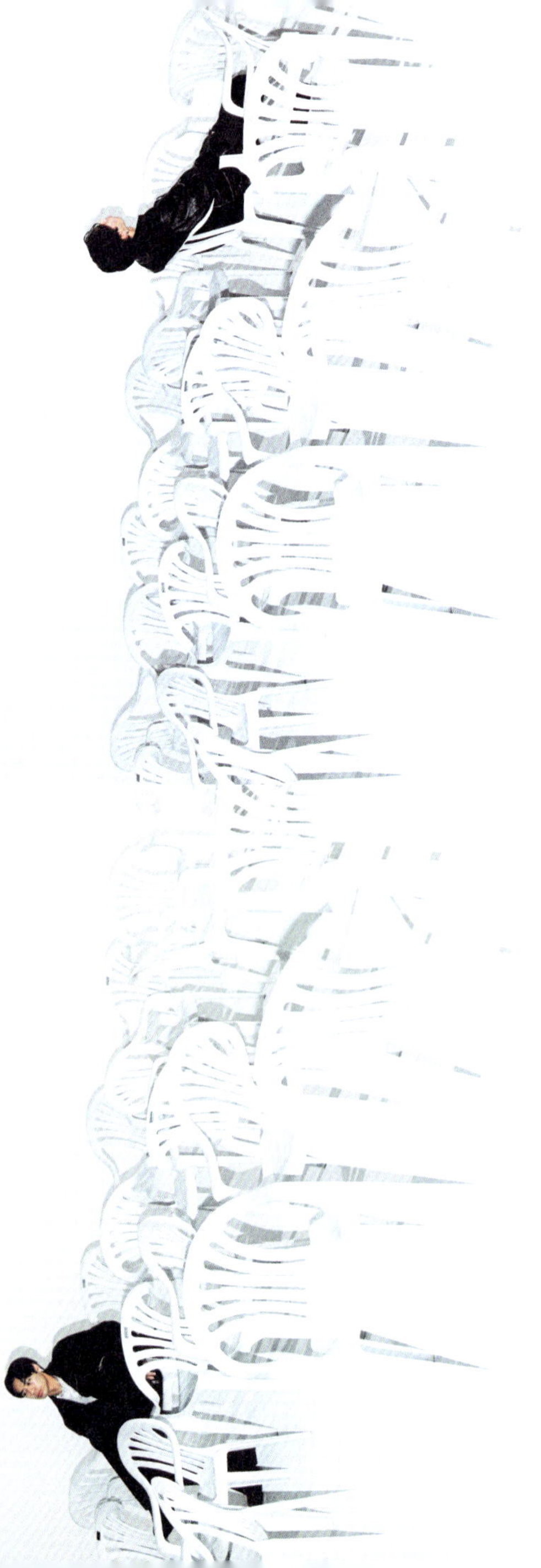

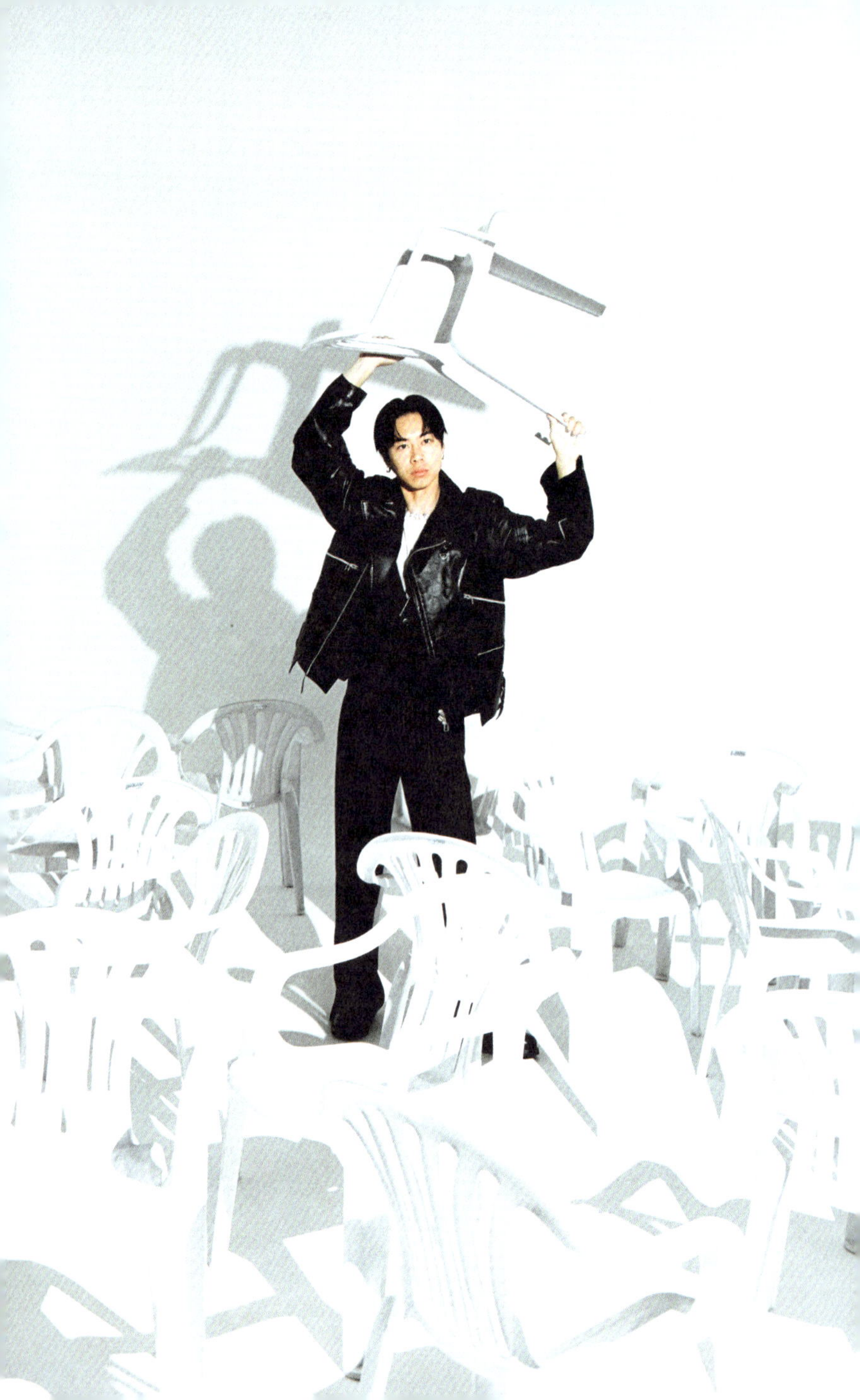

●本書は雑誌『ダ・ヴィンチ』（KADOKAWA）2023年9月号〜2024年11月号に掲載された同名連載に加筆修正を施した上で、書き下ろしを収録したものです。

●各話ごとに収録されている「登場人物超過」は戸塚純貴さんが本編から連想して創作した物語です。初出は戸塚純貴公式Instagram。単行本化にあたり加筆修正のうえ再構成いたしました。

はじめに　戸塚純貴

まさかこんな形で、書籍を出させていただくとは。

『いわてダ・ヴィンチ』での地元愛に溢れた編集の方との出会いからはじまり、作家のくどうれいんさんと共に同郷という繋がりで生まれたこの連載企画が小さな日常から大きな人生になりました。

あ、申し遅れました。初めまして俳優をやっています、戸塚純貴と申します。

とはいっても、この俳優という肩書き、昔はとても恥ずかしかった。田舎から出てきて大した芝居もできずに何が俳優だ。俳優って職業なのか？　ただ好きでやっていることを職業として言っていいのか。

引越し、転職、役所などのいろんな手続き、保険、銀行、クレジットカード、ありとあらゆる生活の場面で職業を問われることがある。その度に「俳優」と書いていいのか迷うのだ。というのもそもそも役者は社会的信用度が低い。その上、俳優と書いた場合には「おっ、俳優？」とその肩書きが乗っかって見られるのではないか、別の物差しで測られているのではないかと勝手に思ってしまう。自意識過剰なのはわかっているが、そんな気がしてならない。だからその時にはつい自営業、自由業などと書いてしまう。間違ってはいない。ただ、素直に俳優と書けない自分がいるのだ。しかしこれは社会的に有利だからそうしているのではなく、堂々と「俳優」と書けない自分の自信のなさからきている。胸を張って俺は「俳優」だと書けなかった。

娯楽がなくても人は生きていけます。人生に何の支障もきたさないと思う。でも、娯楽は無いよりはあった方がいい。娯楽があって救われた。娯楽がなきゃ、生きていけない。

自分もその一人で、そんな風に思わせるのが芸術で、見てるかどうかもわからない誰かのために演じるのが俳優で。表現を通して存在価値を自分で創り上げていくのだ。人が人を演じる、人ならざる者も演じる。誰かの人生を擬似体験する。自分という存在も俳優という存在も、確証はなく、脆くて曖昧で、身近なもの。

この本はそんな身近で曖昧な日常を描いています。役のようで役ではない、存在しているようで存在していない世界にくどうれいんさんが命を吹き込んでくれました。

いくつにも広がる世界を覗いてみてください。

DHC
IKEA
DHC Channel
クスリ
カラオケ

UNI
QLO
109
uc

#01

だんちゃん

「だんちゃん」

そのひとはたしかにわたしの目を見てそう言ったが、わたしの名前はゆりだった。

「……ゆりです」

「ううん。階段に居たから、だんちゃん」

制服のバッジはⅢだった。三年だ。ということは、先輩だ。いつもわたしがひとりで昼食を食べている非常階段の踊り場に、先輩は突然現れた。先輩は学ランのボタンをきっちり上まで留めているのに、袖からオレンジ色のインナーが鮮やかに見えていた。すらっと背が高く、明るい顔立ちの男のひと。好奇心と、それと同じくらいの諦めを宿したようなやけに潤った瞳で、先輩はもう一度「だんちゃん」とわたしに言った。

「踊り場の守り神、だんちゃん」

「ちがいます」

「いまだけ守り神ってことでいいじゃない」

「……なにしに来たんですか」

「デッサン。おれ階段が好きでね。卒業するまでにこの学校の全部の階段を描いておきたくなって。あと六か所でコンプリートなの」

先輩はわたしの二段上に腰かけて胸ポケットから出したメモ帳にデッサンをはじめた。へんなひと、と立ち去ることもできたはずなのに妙に気になってしまい、わたしはその間できるだけ咀嚼音を気にして残りのサンドイッチを食べ終えた。きゅうりを噛むときがいちばん緊張した。どうしてここで昼食をたべるのか、いつもひとりでこうしているのかなんて先輩は聞かなかった。彼の興味はすべてこの均等な段差を描く鉛筆の先にあって、わたしにはない。それが分かる目をしていた。二十分もすると、「よし」と先輩は立ち上がった。

「もう描けたんですか」

「描けたということにした。人生には終えていなくても終えたとするのが大事なこともあるんだよ」

「……見てみたいです」

「ごめん、おれ、そんなに画力ないから、どの階段を描いても同じようにしかならない」

　わたしは口を大きく開けて笑った。先輩は結局デッサンを見せてくれなかったけれど、別に良かった。

　先輩は卒業後上京したらしいと噂で聞いた。あの捉えどころのない瞳の人間がはたして東京で暮らしていけるのか、わたしは勝手に心配している。でも、もしかしたら先輩みたいな人を受け入れる街こそが東京なのかもしれない。

　わたしは社会人四年目になった。いまもここで暮らしている。たまに事務仕事をしていてどうしても眠気に耐えられないときに、会社の非常階段へ行ってストレッチや大あくびをすることがある。一通りからだを動かして、仕方ない、戻るか。きん、と冷えた手摺を摑む。その瞬間、「だんちゃん」と呼ばれた気がして、振り返りたくなってしまう。

先輩、げんきですか。きっと描ききれないほどたくさんの階段がある東京には、踊り場の数だけ守り神がいることでしょう。

サロンパス
DHC
書店

登場人物超過 VOL.01

意外と自分にはあっているのかもと思いはじめた。


何者かになりたい。

大見得きって飛び込んだこの街は受け入れもしないが拒むこともしない。

今日はこのぐらいにしておこうとできる街なのかもしれない。


人混みが苦手だけど、朝の渋谷はちょっと好きだ。

人が少ない顕になった横断歩道を見ていると階段に見えてくるときがある。

汚れを一つ一つ確認しながら、上るように白線を踏んでいくと、後ろから風が通り抜けた時背中を押されたような気がした。

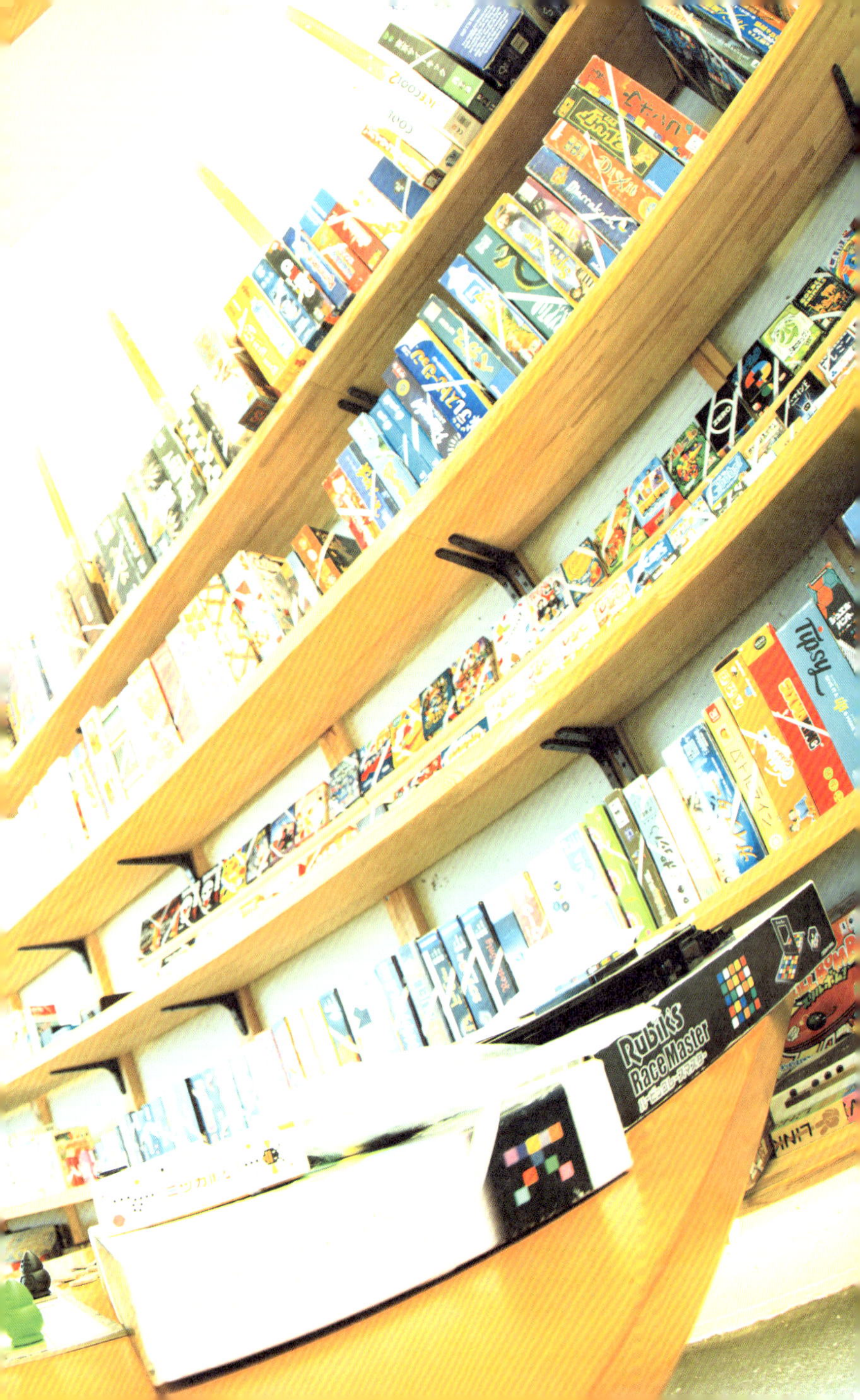
Rubik's Race Master
Tipsy

涼子

木曜の午後二時。四年になると大学に行く機会ってこんなにも減るのか。一週間ぶりに大学へ行き、小腹が空いたので学食へ行くと食券機の前でうずくまっている男がいた。しゃがみ込んで両手にすっかり顔を埋めている。

「具合でも悪いんですか」

と勇気をだして話しかけると「……んねー」と言う。

「え?」

「決まんねー」

男は髪を両手でわしわしかき回して顔を上げた。

「決まらねーんです、どれにするか。うどんかそばかカレーかよくわかんねえピラフか」

「具合悪いんじゃないならよかった。じゃあ、カレーにしたらどうですか」

「や、なんか、そういうのは違うっすね」

「なんだそれ」

と、初対面なのに声に出ていた。なんだこいつ。見覚えのない顔。一年か二年だろうか。あなたの昼食なんてわたしはどうでもいいんですけど。面倒くさそうなので通り過ぎて、冷やしたぬきうどんの食券を買った。みぃん、がしょ。切り取り線のついた食券は、大きさの割に大袈裟な音を立てて出てくる。

「なんにしたんすか」

隣にさっきの男が立っていて、食券を覗き込んでくる。

「冷やしたぬき。別になんでもいいでしょうよ」

まじまじ見られると冷やしたぬきという選択が恥ずかしいような気がしてくる。

「まだ決まらないの」

「決まんないっすね」

「でもだれかに決めてもらうのもいやなの？」

「いやっすね」

「……ボードゲームとか苦手なんだろうね。選択肢ばっかりあって」

「やったことないんでわかんないんすけど、人生は苦手っすね、選択肢ばっかりで。いまもゼミどこにするか悩んでたらそばにするかうどんにするかも選べなくなってやべーって」

それで、彼は結局わかめそばにした。わたしたちは向かい合って昼食を食べ、どうしてか連絡先を交換した。「涼子」と、わたしの名前を見て彼はぽつんと言った。

「いいっすね、涼子って。いかにも即決しそうな名前」

「なんだそれ」

と言いながら、確かにわたしはあまり物事に悩んだことがないことに気づく。

「ボードゲームカフェ一緒に行かない？」

こんなにも漫画のように目の前の選択肢に苦悩する人を見るのははじめてだったから、わたしはもう少し、この人が悩んでいるところを観察してみたいと思った。あんなに悩んだくせに、彼はおいしそうでもまずそうでもない感じでわかめそばを一瞬で平らげた。

登場人物超過 VOL.02

優柔不断ではない。
慎重なだけで決められないわけではなく、自分の中で納得するまで答えを熟考したい。

蕎麦とうどんなら蕎麦
ポテトとナゲットならナゲット
カレーと牛丼ならカレ牛
二択はイケる
三択は消去法でイケる
渋谷のど真ん中で何食べるって……
せっかちといると生まれついてのマイペースには肩身が狭い。
落ち着くところラーメン、結局せっかちが決めたラーメン
ぬるくてちょっと伸びた感じのが好きだけど、人には勧めない。
客が静かに食べないといけないみたいなこだわりすぎる店主は苦手だから、愛想の良い定員さんがいれば美味しさも増す。
ラーメンだと15分でイケる
美味ければ美味いほどくぅ ── って眉間に皺寄せて目を閉じる。
トッピングで味変して、くぅー。
美味いものには目がないってこれかー、違うかー。
迷いはするが先に箸を置いたのはマイペース。
食後のコーヒーといきますか。ホットかアイスか、カフェオレか、そろそろココアもいい季節……。

考えていることはちっぽけでも、とても些細なことでも俺にとっては大事なことなんだ。
慎重なだけ。慎重なだけ。

利那館

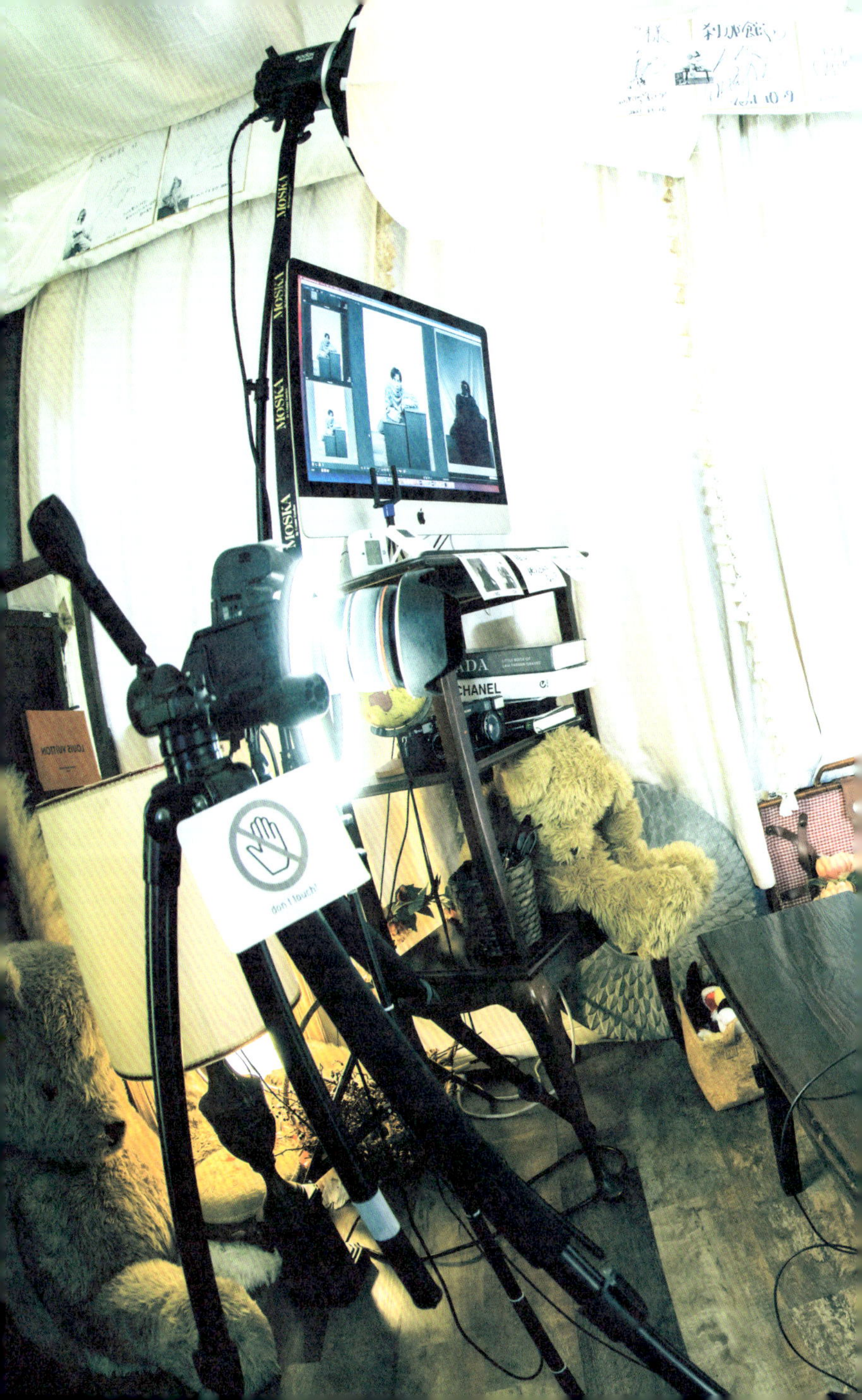
MOSKA
CHANEL
don't touch!

#03

chica

わたしはInstagramでとあるアカウントを見ている。アカウントの名前は「月曜の男」。投稿一覧にびっしりと、おなじ男の自撮り写真が並んでいる。きりっとした眉、強い目力、きれいな鼻筋。男は「かっこいい」「きれい」と呼ばれる顔立ちをしているはずなのに、その写真たちはなんというか、日記っぽい。壁にスマートフォンを置いて自撮りしたと思われる写真や、鏡越しの自撮り、そのひとつが、自撮りのくせに淡々としているように思えるのだ。しゃがんでいても、ピースをしていても、その表情は大抵どこか遠くを眺めている。投稿は毎週月曜日に更新される。いつも「きょうは月曜日です。#Monday」という全くおなじテキストとその男の写真だ。フォローは0。フォロワーは3人いるが、その内訳はすべてスパムアカウントのようだ。投稿は全部で二十七件、つまり半年は続いているらしい。何が目的なんだろう。そもそも、この投稿者と写真の人物は同じなのだろうか。もし、このアカウントはストーカーがやっているもので、写真の男はこんな風に毎週更新されていることを知らなかったら？　……つい、ぞっとするようなことを考える。けれど、こうしてフォローもせずにこのアカウントを一か月以上監視し続けているわたしも、十分ぞっとするほど気持ちが悪いだろう。「月曜の男」のことを見つけてから、わたしはこの頃月曜日を特別な日として過ごしている。きょうは月曜日だ。いつもは十九時には更新されるのに、きょうは遅い。わたしは夕飯を食べながら、何度もアカウントを見に行った。

「きょうは月曜日です。#Monday」

二十時四十分に投稿されたきょうの写真は、いつもと違った。白いというか、明るい……？　やけにまぶしい。いつもは生活の中で自分のスマートフォンを使って撮ったような写真なのに、今回はまるで宣材写真のような、きりっと縁の立った感じがする写真だ。彼は黒い机に頬杖をついて、いつも通りカメラから目線を外してどこか一点を見ている。いつもと変わらない表情なのに、いつもと背景や写真の雰囲気が違うだけでわたしは大きく動揺した。（だれが撮ったの）と思った。嫉妬のような感情だった。わたしはこの男がだれかすら知らないのに、それよりもだれが撮ったかが気になるなんて、へんだ。写真を拡大する。彼の手には小さな黒いものが握られている。リモコンか。ということはやはりこれも自撮りなんだろうか。さらに拡大しようとすると、画面の中央にハートマークが浮かんだ。まずい。いいねを押してしまった。取り消そうと焦ってタップする指先が震え、ハートは消えて、また浮かび、消える。あぶなかった。アプリを閉じて深呼吸をすると、閉じたばかりのInstagramに通知がふたつ付いた。

「chicaさん、こんばんは。きょうは月曜日です。」

というDMと、「月曜の男」からのフォロー通知だった。

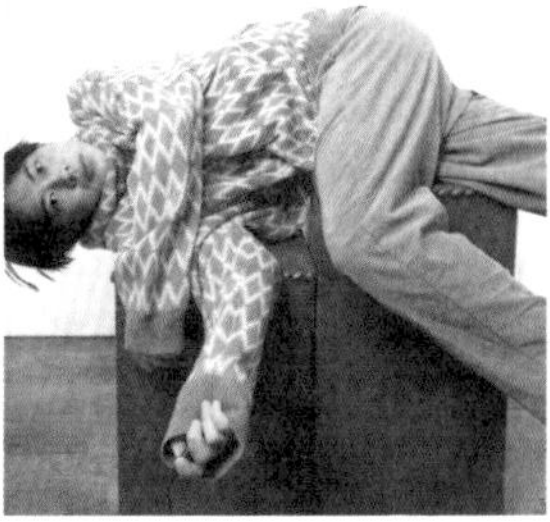

登場人物超過 VOL.03

世間の流行が苦手でいつも乗り遅れている。どこか乗っからないようにしている自分もいる。

ちょっと乗ってみるか。

アニメ、サウナ、ハンモックカフェ。
TikTok、切り抜き動画、ひろゆきに悩みを投稿。
K-POP、キャンプ、chill、、、

なかなか乗れない、

でも、乗っかるのに忙しくしているこの1週間はわるいものではなかったな。

今の自分を俯瞰で見たくなって流行りの写真館へ。
エモい、
刺さった、
突き刺さった。
いつもはスマートフォンで撮る自撮りも、今回はきりっとした感じがする写真だ。
黒い机に頬杖をついたりして、いつも通りカメラから目線を外したりして。
いつもと変わらない自分なのに、いつもと背景や写真の雰囲気が違うだけでなんか明るい。

あ、やばい、火曜日になってしまった、ポスト来週にしようかな。
誰かに刺さりますように。#Monday

#04

八木

「で、なにする八木」

あいつと会うとまずそう言われた。おれは呼ばれたから来たのに、あいつはおれに呼ばれたかのような顔ですこし遅れてきてそう言う。

「うーん、金ないし、散歩？」

給料が入ったから金はないわけではないけれど、腹が空いているわけでもないし、実際、夏の暑さがようやくマシになってきた外をすこし歩きたい気分だった。

「いつ行っても薄暗い幽霊坂っていうところがあるから、そこ行こう」

おれがそう言うと「へんなの、いいね」と言って、あいつはどこへ行くかわからないはずなのに先に歩き出した。あいつはおれが何を提案しても「へんなの、いいね」と言うのだった。それは不思議と悪い気がしない。むしろおれは、「へんなの、いいね」と言われるのがうれしくて、がんばってへんな提案をしようとしている気がした。平日も顔を合わせている同僚とわざわざ土日にまで会うなんて暇だ。あいつもおれも暇なのだ。あいつと過ごすへんな休日はこれで四度目だった。

幽霊坂に着くとあいつは「なんかなめくじになりそう」と二の腕をさすった。湿度があって肌寒い、という意味らしかった。たしかに日の当たる道にいたときと比べて随分涼しく、暗い。「よく知ってんなこんな場所。もしかしてなめくじ人間なの?」とあいつがおれを笑う。「なめくじ人間ってなんだよ」と「そう、おれがなめくじ人間」、どちらを答えるほうが笑ってもらえるだろう、とすこし考えてから「そう、おれがなめくじ人間」と言うと、あいつは「そうだったのかあ」とてきとうに笑った。あいつは四度会ってもおれといるのがなんとなくつまらなそうで、おれも四度会ってもそんなにたのしいわけじゃなくて、でも、それが気楽でよかった。

「……なら、こういう道がいいよなあ」

先を歩いていたあいつがぽつりと言った。最初がうまく聞き取れなかったので「ごめん、聞こえなかった」と言うと、「八木はいま人生たのしい？」とあいつは言った。だるそうな表情、けれど目の奥はとても澄んでいた。おれはびっくりしてすこし考えて「たのしくない、わけじゃないと思う」と曖昧に答えた。

その次の月曜、あいつは突然会社を辞めた。本当にだれにも言わずに、失踪するように辞めたらしい。おれは慌ててＬＩＮＥを開いたけれど、とっくにアカウントが消えていた。何か聞いていないかと部長に訊かれたけれど、なめくじになりそうと言っていたことなんてなんの意味もないから言わなかった。おれはあれからずっと、あのとき「人生なんてちっともたのしくない」と答えていたら、またあいつと会えていたんだろうか、と考えてしまう。おれは「へんなの、いいね」と、あいつにまた言われたかった。

登場人物超過 VOL.04

仕事仲間と酒を飲む。仕事の話に趣味の話、恋の話に生活の話、ちょっと熱くなったりして。

車を走らせ、趣味の仲間と一緒に過ごす日もある。


空いた時間や休日に何の予定もない時もある。

そんなときに連絡してくれる奴がいる。

なぜかそいつからの連絡が来る時は不思議と予定がない。

そいつとは酒も飲まないし、趣味も全然合わないけどなぜだか何度か会っている。

そいつと会って何をするのかというと、散歩したり、へんてこな事を提案されたり、つまり、何もしない。何もしないという事をする。暇な時間を暇に過ごす。

俺は休日の過ごし方が下手だなと思う時があるけど何もしない時間は自分にとっては大事なことだと知れたのはそいつのおかげだった。

そいつもなんだかんだで楽しそうだった。


俺はそいつに言っていない事がある。しかしそれを伝えるとその何もしない時間が崩れそうで言えなかった。

意味のない変な会話は俺にとって心地よくて、耳に残っている。

また声が聞きたいな。

DISK'O
ディスク オー

HOTEL
立入禁止

#05

めぐちゃん

彼のことをわたしはまだ思い出したくない。もう好きではないと思うのだけれど、好きではない、と言い切れるようになるまでは思い出したくない。思い出したくない、と思うのは、思い出してしまうからだ。きょうはスーパーの青果売り場にりんごとみかんがたくさん並んでいて、もうりんごの季節か、と思って、それで彼のことを思い出してしまった。

「めぐちゃん、りんご」

「なに、食べたいの」

「ちがうってば、りんご、ご。ご！」

朝、お互いに身支度をしているときに突然はじまったしりとりのことを、わたしはよく思い出す。彼は上裸のままジーンズを穿いて、キッチンに置いてあったりんごを手に取ると、Tシャツを着終えたわたしの背後にぐるりと回りこんでそのりんごをほっぺたにぐりぐり押し付けてきた。「ご。めぐちゃん、ご」とぐりぐりしながら言って彼は笑った。わたしはその返事にゴマと言ったのかゴリラと言ったのか忘れたけれど、ほっぺたに押し付けられたりんごを齧ってやったことと、齧ったわたしに驚いた彼が、目をまん丸くしたままキスをしてくれたことは覚えている。

その日、一緒に遊園地に行った。わたしは速いものや高さのあるものが苦手だけれど、彼は速ければ速いほうが、高ければ高いほうが好きそうだった。彼女と遊園地に行くのが夢なんだ、と懇願されて一度だけ行った。彼は目の前にあったアトラクションに駆けていくと「五歳から乗れますだって、めぐちゃん四歳だけど乗れる？」とからかってきた。「二十四歳です」と怒りながら乗った。手摺を摑んだままただひたすらにぐるぐると回される。アトラクションは、意外と速くて、意外と高くて、意外とこわかった。くちびるをぎゅっと結ぶわたしの顔を覗きこんだ彼は「大丈夫！　おれがとなりにいるもん」と言ったけれど、その直後にがたん、と揺れると悲鳴を上げた。彼のきゃあ、というかわいい悲鳴がおかしくてわたしは大笑いした。彼も笑って、わたしたちは大笑いしたまままぐるぐると回った。

　結局、あの日のしりとりは彼が「メロンパン」と言って終わった。「メロン」と言いそうだったから「それじゃあ終わっちゃうよ」と笑ってチャンスを与えたのに、慌てふためいた末に彼は「メロンパン！」と言ったのだ。それじゃあ終わっちゃうよ。終わっちゃったじゃん。「しりとりをするカップルは結婚する率が高いんだって」と彼はその朝うれしそうに言ってくれて、わたしはその時、そういう未来のことを本気で信じていた。

入口
ENT.
12 ビックリハウス
出口
EXIT

登場人物超過 VOL.05

どうしたって天邪鬼が邪魔をする。
ずっと一緒にいるからという甘えと、楽しませようと言わんばかりのしつこさ。
相手が乗ってくるとちょっと冷める。
我ながらめんどくさい。
嫌われそうなギリギリを楽しんでいるんだけど嫌われたくはないんだと思う。
思う、というのはその時の自分を想像して、思う。
好きなんだけどなー。
好きだったんだけどなー。
嫌がることをしたのではなくて嫌がる君が好きだった。
と思う。

#06

雅さん

「雅さん、なんでおれだけこんなに釣れないんすかねえ」

と、三つ隣のそいつはまるで部下のような口ぶりで俺に話しかけてきたので狼狽《うろた》えた。

「なんで俺の名前知ってんだ」

「だって雅さんてここでいちばんの釣り名人なんでしょう」

ちがう、と言うのも、そうだ、と言うのも恥ずかしい気がした。家族もいない、仕事もぱっとしない俺が逃げるように通い続けてしまっている釣り堀で、いつの間にか名人と呼ばれるようになっているのだとしたら。俺は被っていた帽子を脱いで、被りなおして、答えた。

「まあ、案外釣り堀ってのは釣れて当たり前じゃなかったりするもんだよ」

「そうなんすか。おれ、てっきり入れ食いになるもんだと思ってたんで、こんなに竿がびくともしないなんて何かおかしいんじゃないかと思って、おかしいな、こんなわけないんだけどって三日連続で来てて、一回も釣れないんすよ」

三日連続。おまえ暇なのか、と言おうとして、釣るのがたまたま得意だったからってもう十数年も月曜と木曜にこうして来ている俺はどうなんだ、と思い直す。

「池の鯉じゃねえんだから。どれ、一回餌見せてみろ」

男のところまで行って竿を引き上げてみると針が裸になっていた。

「うっわ、餌ないじゃん気づかなかった。食い逃げされたのか、ちくしょ、絶対そいつを釣る」

男が場所を変えようと立ち上がるのを俺は止めた。

「食われたんじゃなくてバラけたのかもしれない、餌が水にほぐれて底に落ちたんだよ。もしかして毎回、針が裸になるたびに場所変えてないか」

「変えてます、おれの餌を食い逃げしたやつが逃げてそうなところに座りなおして」

「ああ、なら同じところで続けたほうがいい。バラけた餌が底に溜まって、その餌の山に魚が寄ってくるんだよ。辛抱強いやつのところに、最後は魚が集まるように出来てんだ」

「人生の話っすか？」と男は笑ったが、ありがとうございます、と言って同じ場所に座りなおし、針に餌をつけて投げ込んだ。

「がんばれ」と笑って、俺は三つ隣の席に戻った。それからしばらくふたり並んで無言で水面が動くのを待った。俺は、そう言われるとさっきのはたしかに人生の話に似ているような気がしてきた。俺の人生に掛けてほしかった言葉な気がした。俺は俺のことを割と「辛抱強い」と思っているのかもしれない。それは案外うれしいことで、俺は思わずにやける頬をひん曲げるように、左手を顔に押し当てた。

登場人物超過 VOL.06

「ごめん、今日は帰り遅いんだわ！　てか、来週もムリだわ」

まだ聞いてもいない先の予定まで言われたことに狼狽えた。
「了解〜また連絡するわ！」
なんて言ったが、これもうこないやつか……なんだか連絡しづら。
いつも遊んでいたやつらも途端に忙しくなって会ってくれない。
年齢のせいかぁ、俺もそんな歳になったのかぁ、
毎年歳だけとっても気付けば、あいかわらずこんなんだ。

ただ俺は仕事に追われている人を見ると心が窮屈な気持ちになる。もっと肩の力を抜いて生きていけばいいのに俺みたいに。
と1人釣り堀でびくともしない竿に向かって開き直っている俺は一体……。

じっと待って浮きのわずかな揺れを感じる。待てば海路の日和あり。我慢だ。我慢することが大切なんだ。人事を尽くして天命を待つ。我慢した分だけいい事が待っている。果報は寝て待て。
お前たちだけか、と嘆くより幸運を運んできてくれたと思おう。

友達も魚も釣れない一日になんだかおかしくなって緩んだ頬に右手を押し当てた。

ka
wa
to
ku

#07

マックス

　こいつに「マックス！」と呼ばれるたびに、おれは、ばう、と本当は言ってやりたい。なるべく太く大きな声になるように息を吸って鳴くと、それは「キャン」という声になる。もう一度鳴いてみても「キャン」だ。どうしても、毎回そうだ。くやしいがおれはチワワなので仕方がない。こいつはもう十年も、チワワのおれを大型犬のように強く太いものとして扱ってくる。

　マックスという名だってそうだ、こいつがまだ高校生の時におれを一目見てそう名付けた。もちろんこいつ以外の家族はマックスだなんてドーベルマンみたいな名前、と笑って、おれはこいつ以外からは「チョコ」と呼ばれている。どうしたってそんな両極端な名前なんだ。おれは自分の名前がおれの食えないあのやたら甘い匂いのする菓子と同じだなんて認めたくない、けれど、このちいさい手足と我ながらつぶらな瞳の顔にマックスという名が似合っているとも思わない。

最初はふざけているんだろうと思っていた。小さくてかわいい犬をマックスと呼ぶ。そういうジョークだ。でも、「マックス！」と呼ぶときこいつはいつも眉間にぐっと力を込めて、刑事が相棒を呼ぶような表情をする。十年ずっと。

あれは、おれがこいつの家に来て三日目の夜だった。高校生だったこいつは、両親が寝静まった夜に顔を洗いに洗面所におりて来て、濡れた自分の顔を鏡に映して「かっこよくなりてえな」とぼそっと言った。目が真っ赤だった。どうしたんだ、と言いたいおれは、こいつの脚におでこをこすりつけた。

「マックス、なぐさめてくれんのか」

こいつはおれを抱きあげながらか弱い声でそう言う。おれは、なぐさめるっていうのがどうすることなのかわからなかったけれど、目の前のこいつの顔の水滴を舐めとった。

「好きだったのにな、おれ、もっとかっこよくないとだめだ」

へらへら笑ってばかりだった顔がくしゃっとなって泣きだしたので、おれはおろおろした。おれにできることは、首をかしげることくらいだった。なあ、かっこよくなるってどういうことなんだ？


「マックス」

きょうもまたこいつがかっこつけておれを呼ぶ。こいつはたぶん、おれのことをかっこいいと思っているわけではなくて、おれと一緒にいる自分がかっこよくありたいんだと思う。人間の言うかっこいいっていうのがどういうことなのかわからないけれど、おれはこいつのことを、結構かっこいいと思う。

会話はできないから真相はわからない、ただアイツに認められたことを俺だけは誇りに思おう。

なんだか背中を押してくれたアイツを撫でまた家を出て行こうとするとしっぽを跳ね上げてアイツは震えていた。

登場人物超過 VOL.07

これは俺と実家に突如現れたアイツとの話。

久しぶりに実家に帰ると、大型犬注意というシールが貼ってあった。

「ん、大型犬？」とドアを開けると膝の高さよりも小さな柴犬が出迎えてくれた。

「なんだこのかわいいやつ」

俺が上京してから母が飼い出したらしい。

息子が家を出ると寂しくなり犬を飼い出すやつだ。

俺の知らない間に家族が増えていたとは。

そいつは俺の近くに来て震え出す。

な、なんだ。

離れると近くにきてまた震え出す。

「なんかめちゃくちゃ震えてるんだけど」と言うと「あんた、いじめたんじゃないの」と言われる始末。

怖がっているにしては近くに来る、ただ震えるのだ。

こいつなりの愛情表現なのかと思ったが、こんなに震えてるのは初めて見たと言われたから、それではないみたいだ。とにかく得体の知れないものが家でくつろいでいることに感情がおかしくなっているのか、遊びもしない、吠えもしない、離れもしない、散歩も嫌がりはしない、ただ近くに来て震えるのだ。

この時すでに実家での居づらさを感じた。

まあ無理もない。こいつにとってはただの客、ダラダラして飼い主に偉そうにしているただの客。

俺が2階に上がるとしっぽをふり走り回るという。なんだこの疎外感は。

これが毎年帰郷すると“震えられる”というイベントの一つになっていた。

全く懐かれないままかれこれ10年経ったときいつものように帰省し、出迎えられる。

母親との会話も仕事やら貯金やら老後の話など生々しい内容が増えてきたような気がするな。

大人になったのか大人になれていないから行われる会話なのかよくわからないが、俺はある事に気が付いた。

そういえば、アイツ震えていない。

相変わらず付かず離れずの距離感を保ったままだが、全く震えていない。

これはなんということだ、認められたのか、受け入れてくれたのか、逆に10年もかかったのかと笑ってしまった。

何がそうさせたのかわからないが、実家を離れてからアイツはたまに帰ってくる俺をずっと心配してくれていたのかもしれない。

#08

よっくん

先週末、結婚を前提に同棲していた彼女と別れた、と言うとおまえは「よっくん明日バイトある？　てかあっても休んで」とやけにうきうきして言った。明日も明後日もバイトはない、と答えると「え、めっちゃいい。じゃあ二十二時に新宿で」って。飲みに付き合ってくれるものだと思って少ない荷物で合流すると、おまえがおれを連れて行ったのは夜行バス乗り場だったよな。チケットはもう二枚あるとか言い出して、行先は盛岡だった。なんで盛岡、と言うと「おれの地元だから」とだけ。おれはあっけにとられたけれど、夜行バス乗り場のやけに広い待合室と、次々入ってくる大きなバスを眺めていたらすこし気分がせいせいして、無理やりどこかに連れていかれるのもいいかもなって、正直その時点でちょっと思ってた。朝六時に盛岡駅に着くまでの間、おれはかたい座席でしっかり寝た。夢も一つも見なかった。ふたりの部屋にひとりで住み続けていたから、ひとり用の狭い座席はおれに適切な感じがしてやけに安心した。

（でも盛岡でなにすんだよ）と思いながら早朝から開いている喫茶店でコーヒーを飲むおまえをじっと見つめていると、スマートフォンから顔を上げて「よっくん、腹、へったでしょ」とおまえは笑った。そういえばおれのことをよっくんと呼ぶのはこいつと彼女だけだったと気が付いて、なるべく彼女を思い出さないように前髪を掻いた。

昼飯はわんこそばだった。わんこそばがどういうものかなんとなく知っていたつもりでも、実際店に来てみると思った以上に本格的だった。もっと罰ゲームやおふざけだと思ってたから、あのとき、上品な店内と漆塗りの器を前におれは正直結構緊張した。

「よっくん、負けるなら負けきらないと」

と食べ始める直前に言って、おまえは一瞬だけ鋭い眼差しをおれに向けた。なんの勝負。ってかおれ負けてねえし。なんでわんこそばで。反論する間もなくはじまって、椀につぎつぎと蕎麦を盛られた。はいどんどん、はいじゃんじゃん、もう一杯。給仕さんの明るい声と、かしゃん、かしょん、と器が目の前に積まれていく音が響いて、おれたちは無言で、奪い合うように蕎麦を食べた。こうなったら倒れるまで食ってやろうと夢中で食べている間、向かいに座るおまえの必死な顔が時々見えて、なんでおれより必死なんだよ、ってちょっとウケて、来て良かったって思った。ありがとう。

まれた。

「えっ？」

よっくんは黙々と食べ進める。

「よっくん……？」

よっくんはひたすら黙って食べ進めていた。

嘘ではないと悟った僕もなにも言えず、蕎麦を食べ続けた。蓋を閉じたらもう終わってしまう気がして胃袋の限界はとっくに通り越しているが二人は食べ続けた。

僕はもう口に運べなくなっていた。

「おれの、勝ちだな！」

とよっくんは泣きながら言ってきた。

久しぶりに里帰りした僕は一人わんこそばを食べながらそれを思い出して笑ってしまった。

よっくんはいま子供をあやすので忙しいみたい。

登場人物超過 VOL.08

小学校の高学年くらいか、
体が大きく、肌も程よく焼けていて力持ちで人一倍正義感の強いよっくんは給食の時に出てきたニンニクの利いたパスタを口一杯に含んで「ゴッドブレス」と言うと、よく女子にちょっかいを出す男子へその息を吹きかけ退治していた。
あまりのゴッドブレスに助けられた女子もよっくんから逃げていた。
僕はそれがおかしくてそんなよっくんの真似をしてはよく遊んでいた。

よっくんとは登校班が一緒だったから帰り道も一緒。寄り道して秘密基地を作っては近所の人たちによく怒られていた。

あの頃うちの班は何故か最年長の男子がよっくんと僕だけで他は女子か年下の子供達しかいないという特殊な世代だった。

当時はお祭りの出し物や保護者の行事でも男子らしいことがあまりできなかった。

それもあってかよっくんとは強い絆で結ばれていた気がする。よっくんはいつも「俺たちがいれば大丈夫だ！」という。そんな根拠のない自信がかっこよかった。

班対抗のドッジボール大会でも練習から手を抜かず、「大丈夫だ！　俺たちがいれば」と男子が二人という勝ち目のない状況でも全力をつくした。

もちろん負けてしまうのだが誰よりも悔しがり泣いていた。


ある日、わんこそば大会が開催された。

それは岩手県に伝わる蕎麦の一種。温かいそばつゆにくぐらせた一口大の蕎麦をお給仕さんがお椀に入れていく。お給仕さんは食べて空になったお椀に次々と蕎麦を入れていく。それを満腹になるまで続け、蓋を閉じる事で終了を告げる。

誰よりも負けず嫌いなよっくんは
「よーし、多く食べた方が勝ちだぞ！」

と勝負を挑んできた。

僕も負けじと
「ふふふ、負けるもんか！」

と事実上の決勝戦が始まった。

「はい、どんどん、はい、じゃんじゃん」

とお給仕さんがリズミカルに入れていく。

二人ともいいペースで進み、両者互角の勝負。そこから80杯ほどに到達した頃、黙々と食べ進めていたよっくんが口を開いた。

「おれ、転校する」

はい、どんどん、じゃんじゃんというリズミカルな音をよそに僕の頭は静寂に包

おすすめ!!
新商品
Michel

藤田

「ねえ藤田さん、あのお客さんどっかで見たことないですか」

ドーナツに砂糖をまぶしているみかちゃんが、顔をずいっと近づけてそう言う。

「ほら、いまお会計してるおでこ出したお兄さん、絶対どっかで見たことある」

えー、と言いながら、林檎を切っている手を止めてレジのほうを見た途端、息が止まりそうになった。その若い男の人は、わたしの祖父の若い頃の写真にあまりにも似ていた。もう亡くなってしまったけれど、わたしは祖父のことが大好きだった。ずっと祖父と過ごしていた。共働きの両親の帰りを待つ間、わたしは祖父と過ごしていた。立派な仏壇と、木目が鮮やかな大きな木の机が置いてある畳の部屋で、わたしは祖父の胡坐《あぐら》の中に座ってよく本を読んでもらった。「おじいちゃん、昔はかっこよかったんだぞお」と何度か見せられたことのあるその写真に、彼はあまりにもそっくりだった。

　彼はソーセージパンとクリームパンを買って退店すると店の前のベンチに腰掛けた。商店街の人通りや街並みをぐるりと見回しているのが、まるで転生した祖父が二〇二四年を物珍しがっているように見えてわたしはそわそわした。

彼はソーセージパンを取り出して、もくりと大きく一口食べた。ゆっくりとした咀嚼。だれも見ていないのにおいしそうににこにこと食べているさまが本当に祖父にそっくりだった。

「あ、わかった、俳優さんかも。この間のドラマで見た人にそっくりですよ。どうしよう、声掛けちゃおうかな」

　みかちゃんはドーナツを並べながら窓の外を見てそわそわしている。わたしはゴム手袋を外し、イートイン専用のワンドリンクコーナーへ行った。オレンジ色と茶色のストライプ柄の小さな紙コップにホットコーヒーを注ぎ、スティックシュガー二本とコーヒーフレッシュをひとつ取って、それをみかちゃんに持たせた。祖父はホットコーヒーにたくさんの砂糖とコーヒーフレッシュを入れて飲むのが好きだった。

「行くならこれ、渡してきて。外寒いから」

「あ、藤田さん甘党でしたっけ。砂糖こんなにいらなくないですか」

と笑いつつ、みかちゃんはそれを持ってうれしそうに外へ出て行った。みかちゃんがぺこぺこして、彼もぺこぺこしているのが見えた。何を話しているのかふたりとも笑っている。彼はこちらを見て、右手にコーヒーの入っている紙コップを、左手にスティックシュガーを二本掲げて一礼した。

子が好きだと言ったものを出してくれているだけの気がしてならない。愛しているよ母。あぁ、言いたい。もうフレンチトーストは食べたくないと言いたい。そもそも俺は朝は米派だ。朝というか昼も夜も米がいい。もう米しか受け付けないとも言いたい。土日に部活動があり、朝早く家を出ようとした時、朝ごはんにおにぎりが置いてあった。

おにぎりっ!!　米だ、米だー！

俺のひとり米騒動は終わった。まさかこんな形でこの戦いに終止符をうたれるとは。なんだかすっきりしない終わり方だが、致し方ない。俺の勝ちということでこのおにぎりを頂くとするか。うまい！　こんなにも米がうまいと感じたことはない。日本に生まれてよかった。

月曜の朝を迎えた。

「え、だってあんたが好きだって言うから。好きなもの食べさせたいじゃない」

「ありがとう、いただきます」


フレンチトーストは愛だ。

登場人物超過 VOL.09

「うっわ。このフレンチトーストうっま！　どうやって作るの？」と我が家では出てくるのが珍しい朝食に素直な感想を述べた。すると母は「え？　そう？　別に普通のフレンチトーストだよ？　簡単だよ」と喜びをひた隠しながらワンオクターブ高い声で答えた。

次の日の朝、またフレンチトーストが出てきて、「昨日と一緒だよ」と言われたが「いいよ、俺フレンチトースト好きだし」とまた素直な感想をいった。

そして、その次の日も。「フレンチトーストか」「だってすきなんでしょ？」「うん、まあね、あ、うまいうまい」

土日は学校が休みだったのでなんか自分でも作ってみたくなりフレンチトーストを作ってみた。おお、ほんとだ、簡単にできるんだと初めてにしてはまあまあの出来上がりに満足した。

そして、迎えた月曜日。寝ぼけながら起きると待ち構えていたのはフレンチトーストだ。「今日も来たか」「え、なんかいった？」「いや、なんでもない」と何か物申したかったがこれはこれでおいしいし、何も言えなかった。

その次の日も、その次の日も毎朝フレンチトーストが俺を待ち構える。これは、母親特有の一度子供が好きだと言ったものを永遠に出してしまうやつなのか、はたまた俺が何か言ってくるまであえて出し続けているのか。おれは後者だと思い、「あんた、フレンチトーストばっかりで嫌にならないの？」と言わせるまでフレンチトーストを食い続けてやろうと思った。

そこから母とのフレンチデスマッチが幕を開けた。

当たり前のように出てくるフレンチトースト。俺は毎日何も言わず食べ続けた。

正気か？　こんなに毎朝フレンチトーストを食べたら健康面での偏りもでてくるのではないか、その点どう思っているのだろうか、昼や夜は米を食べるからそれで帳尻を合わせているつもりなのか。フレンチトーストが美味しくて好きなのも事実だ、言葉にさえしている、しかしそれは味どうのこうのというより、フレンチトーストという存在が俺の中で、その時は確かなものだった故の過去の感想である。そもそも散々食べたあとに料理をしない俺が自分でフレンチトーストを作った時点でもう俺の中のフレンチトーストは既に完結を迎えていたはずだ。よくわからない意地を張って勝手に始まったこの戦いは一体なんなんだ。

「ありがとう、いただきます」


フレンチトーストは愛だ。

というか張り合っているのは俺だけ、の可能性は高い。母はシンプルに可愛い息

#10

みゆ

「この前、先週の土曜日の朝、八時くらいかな、電話かかってきて」

「だれから」

「元彼。もうびっくりして、え、なんでって飛び起きたの、どうしよう出るか出ないかって」

「まだ好きな元彼？」

「……だって別れてからもう三か月も経ってるんだよ、それまでずっとなにも連絡来なかったのにいきなり朝に電話来るから、何か緊急事態かもしれないなって思って、電話出ちゃって。そしたらテレビ電話だったからわたし自分のすっごい寝癖のひどい顔映ってびっくりして、うわあって叫んでスマホベッドに投げちゃって、そしたら伏せられたスマホからすごい音がするわけ」

「どんな音」

「ぶばばばばば、って。すっごいおっきい音。風の音で。やっぱり何かに巻き込まれたんじゃないかと思ってスマホ摑んで画面見たら、なんかすごいの。真っ黒い山みたいなところに元彼がまっしろい服着て立っててさ。スマホをちょっと遠くに置いてるみたいで、手とか脚とかぶんぶん振り回してなんか喋ってるっぽいんだけどなんにも聞こえなくて。ビデオオフにしてたんだけど、仕方ないから画面表示して「聞こえない！」って叫んだの。き・こ・え・な・い、って。そしたら近づいてきて、言うわけ。『好きだあ』って。『やっぱりみゆのこと好きで、みゆと元に戻りたいから地獄に来ましたあ』って」

「地獄？」

「そう、わたし、元彼と別れるときもう本当に許せないと思ってたから『地獄に落ちろ』って言って出て行ったのね。そのこと。どこなのか全然わけわかんないけど、とにかく本当に地獄っぽいところに元彼がいて、ちょっとおもしろくなっちゃって」

「まだ好きなんでしょ」

「……まあ、それでさ、びっくりして、どこなの、なにしてんの、って言ったら『めちゃくちゃ寒くて死んじゃいそう、でも次のバスまであと三時間半ここに居なきゃいけない』って涙目でね。『地獄行かなきゃ許してもらえないと思って地獄探してた、ここ見つけるのに三か月かかった』って本気で真面目な顔で言うわけ。意味わかんない、浮気したのそっちじゃんと思いながらもうわたしすっごい、どうしようもなく心臓がうずうずしてきて……聞いたらうちから車で一時間くらいだったから、迎えに行っちゃったんだよね、そのよくわかんない地獄まで」

一度地獄に落ちたら、まんざらでもない景色に
これ、一緒に見たかったな、と思った。

登場人物超過 VOL.10

「ハァ、ハァハァ、、、。」
ふー、呼吸が苦しくなってきた。

かれこれ2時間は歩いてるが、次第に酸素が薄くなってきている、周りも霧がかっているということは、なかなか高いな、ここ。

そもそもなんで、こんな早朝に高いところにいるかって？
そりゃあ、まあ、普通の、何の装備もないただの男が、とんでもなく高い山みたいな場所に趣味でもなくいるわけだから、たいそうな理由があると思うだろう。

そして、一番体力が奪われるのはこの溶岩石のぼこぼことした地面だ。その敷き詰められたような溶岩たちは同じ形のものは一つもなく、重なり合うこともなく、一つ一つの石を踏みしめるたびに意思を感じる。

あ、いま、石と意思でダジャレみたいになっちゃった。

と、どうでも良いことを思いながら溶岩の山を歩いているのには理由がある。

フラれたからだ。
何があったって、向こうの言い分は、全然、え、その事も？　その事も？の羅列で。
思い出せば、僕は彼女の悲しい笑顔が嬉しそうに見えていたし、僕がつまらないなぁと思っている時は彼女には楽しそうに思えていたみたい、そういう小さな小さな積み重ねが「地獄に落ちろ」となり、今のこの有り様だ。

苦しくて、息が上がって、登っても、登っても、見えるのは大きな空だ。
悲しくて、なんで悲しいのかも分からない、

はあ。
昇ってんすけど。
さむい。
地獄って落ちるものよね、
昇っても地獄なんですけどー。

#11

高橋優穂

中学の同級生にたまたま会ったのは盛岡駅だった。お土産売り場でチルドの盛岡冷麺を手に取っているところを見かけて、

「とっくん」

と、つい、声を掛けてしまった。声を掛けてから、わたしは中学生のとき、そんなに気さくに声を掛けるほど彼と仲が良かったのか自信が無くなってしまい、恥ずかしくて目を見られなくなった。

「おお、高橋優穂！　やば、何年ぶり？」

と、とっくんはうれしそうに言った。フルネーム。とわたしは思った。しかもよく間違われる「ゆほ」ではなくちゃんと「ゆうほ」。そしてわたしは真っ青になった。とっくん、と呼ばれていた記憶でつい話しかけてしまったが、彼の本名はなんだったか。おもいだせおもいだせおもいだせ。わ

たしはとっくんに微笑みながら必死でそう思っていた。

「何年ぶりだろ、高校のときもほとんどあってないもんね」

「てことは三十年ぶりか」

「うちらいま三十歳ですけど」

と笑ってつっこみながら、そうだった。とっくんはこうやってすぐにふざけたことを言って、誰とでもあっという間に打ち解けるひとだった。

「ちょうどよかった、高橋優穂いま暇？　新幹線まであと一時間半あるから久しぶりに盛岡散歩したくてさ」

それでなぜかわたしは、とっくんの本名を思い出せないまま、開運橋を三十分ほど一緒に歩いた。とっくんは大学から上京して、最近はしばらく帰ってきていないので五年ぶりくらいの帰省らしかった。わたしは盛岡に住んでいること、隣町で公務員の仕事をしていることを話した。

「お、薔薇」

とっくんはそう言って、開運橋のよく見える川沿いの遊歩道で、薔薇の前に立ち止まった。そして他よりも背の高い薔薇を覗き込み、嗅いだ。前髪、鼻、あご。わたしはその急に真面目な表情になった横顔を眺めた。とっくんが薔薇のにおいを嗅いでいる。それだけなのに、わたしはやけにどきどきした。中学のときのとっくんのことだってろくに知らなかったくせに、いまのとっくんのことをもっと何も知らないことが、どうしてか、とてもくやしいような気がした。

「うーん。薔薇って、薔薇のにおいするよねえ」

とっくんはそうあたりまえのことを言って、へらへら笑った。北上川の流れる音が、耳の中に流れ込んでくるように大きく聞こえた。

目の前の花に顔を近づけて匂いを嗅いでみるとどこにいても変わらない薔薇の香りがした。

登場人物超過 VOL.11

「とっくん！」

短めの帰省だし、友達にも敢えて連絡はせず街をウロウロしていた。


『いつまでいるの？』『いや、早く言ってよ！』

友達は誰1人、都合が合わなかった。

そりゃそうだ無理もない、もう学生じゃないんだから急に会えたりもなかなかできないか。

ちょっと期待してしまっただけに寂しい思いでいたその時、
唯一僕のことをとっくんと呼ぶ友達に出会った。


何年ぶりかも定かではないけど久しぶりに帰ってきても地元で会う友達は懐かしさを感じないのが不思議だよな。

新幹線までの時間、一緒に散歩することにした。


懐かしさを感じないのは、当たり前のようにいつも通ってた道も少し綺麗に変わっているからか。と思ったがそうでもないか。

駅前のタクシー乗り場は綺麗になっている。

バスのロータリーはこんなだったか？　この外壁はあの頃と変わっていないが少し色褪せたような。ここはまるまるビルが変わっているなぁ。


あー、そういえばこんなふうに地元を見たことがないんだ。

住んでいた時には気付かない景色があるのだと知ったことで地元から離れている時間が長くなったとセンチメンタルタイム。

「開運橋って涙橋とも言うよね」
と言ったら
「二度泣き橋だよ」
と言われた

今まで幾人もの人に涙橋と説明をしてきた。この期に及んで……。

急に現実に戻されてしまった。

「お、薔薇」

SONY

#12

もちなしあんころもち

「こんばんは。今年もあたらしい扇風機が欲しいと思っているうちに夏を迎えてしまいました。うちにある古い扇風機は十年前にわたしがひとり暮らしをするときに父が買ってくれたものです。機能は申し分なく、まったく問題なく動くのですが、デザインがすこし野暮ったいです。引っ越して家具などを自分の好みで揃え始めてから、ここ数年お洒落なデザインの扇風機が欲しい気持ちと格闘しています。父から買って貰った扇風機を捨てるのはどうしてもうしろめたく、しかし新しいものもほしい……わたしはどうしたらいいんでしょう。――ということでね、ラジオネーム、ええと、もちなしあんころもちさんからのお便りですけれども。うーん、扇風機。たしかになあ、扇風機って意外と壊れないですよね。お洒落なのが欲しくなっちゃった、っていうのもわかる。いまあれですよね、羽根ないやつとかありますからね。お部屋に合うのが見つかっちゃったんだ。それで、どうしたらいいんでしょう、ってことなんですけど、これあれですか、お父さんの扇風機も捨てずに、スタイリッシュな扇風機も買う、じゃだめですか。部屋の中をダブル扇風機にして強風の中暮らすっていうのは。置き場ないか、邪魔かな？　わかんないけど、だってあんこ……もちなしあんころもちさんは、毎年こうやって扇風機を見るたびに新しい扇風機を手に入れられない自分と向き合わなくちゃいけないでしょ。その時間ってなんかしんどくないですか。だったらふたつも扇風機いらないんだけどってて笑いながら、両方大事にしていいじゃないですか、……それにしても、もちなしあんころもちっていいラジオネーム。結局あんこじゃんっていう。わはは。では、もちなしあんころもちさんの夏にいい風が吹きますように」

――読まれた。わたしは朝の通勤のバスの中で、背中をかちこちに緊張させてそれを聞いた。思わず息が止まった。

わたしに向かって話していると思うと、あんなに憧れていた声が親戚の年上のお兄さんのようにやさしく聞こえて驚いた。

わはは。という、空気をたっぷり含んだいつもの笑い方がわたしに向けられている。とても不思議でぞくぞくした。半分だけ開けられたバスの窓から夏の風がぶわっと吹き込んできて、わたしの前髪が揺れる。わたしは父のくれた野暮ったい扇風機と、いまほしいグレーのお洒落な扇風機が、ふたつとも首を揺らしながらわたしの部屋に強風を起こすところを想像した。

よ、まだまだ頑張らないとなって思いましたよね。

高卒で、39歳で、色々とあって、こんな風にスタジオにこもって……散歩しても誰も僕のこと知りませんよ、はっはっはっはっ。

名も無き者さんが、またお話聞かせてくれることをお待ちしてますよー！

登場人物超過 VOL.12

それではルード小坂のお便りのコーナー参りましょう。

えー、
現在29歳、バツイチ、無職で実家の布団にこもっています。

自分の人生のピークは18歳で、京大に合格した時です。

「あんたやったね！　すごいね！」

と近所のおばちゃんに力強く握手されたのを鮮明に覚えています。

しかし、色々とあり今は実家の布団に引きこもっています。

近所の目もあるので深夜にフードを深く被り外を散歩したりしてますが、俺を見かけた人は皆、幽霊だと思っています。とても虚しいです。

この毎日押し寄せてくる虚無感から抜け出すにはどうしたらいいですか？

ラジオネーム、名も無き者
……暗っっっ！

とんでもなく暗いお便りが届きましたけどもね、もう今にも消えて無くなりそうな勢いありますけど、お忙しい中ありがとうございます。

忙しくないか、無職だから！　この、名も無き者っていう名前もすごいですね、暗さを極めてますね〜、そもそもなんで離婚して無職になって実家に戻ることになったんだ！っていうね、そこが一番気になるところですけどね、働きなさいよ！

いろいろあるのでしょうね、名も無き者さんありがとうございます。

いや、でもね、ありますよね、あの頃が自分の人生のピークだったなって思うことね。

私なんかはね、12歳の頃ね、もう近所のお母さん達から大人気でね、取り合いになってね、誘拐されるんじゃないかって家族が心配していたくらい、ほんとにモテモテでした。

あの頃のお母さん達には、子供という立場を生かしてね、ええ、そりゃもういろんなお母さんに色目を使ってすごく甘えて……。

思い返してみたらね、私もね、それを超えるピークきてないですよ！　どんな人生なんだよってね、12歳を超えられない自分に虚無感でてきました！

そもそも名だたる歴史的に有名な哲学者の写真とか肖像画とか、虚無に満ち溢れている表情が多い気がするんですよね、偏見ですよ、偏見。

はっはっはっはっ、だからね、名も無き者さんてもう、文章みてると、このままいったら悟り開く勢いありますからねっ、この名前すら哲学的に見えてきましたよ。

すみません、勝手に楽しく話しちゃってますけど、自分もね、子供の頃からのピーク超えられてないって気付かされましたからね、名も無き者さんのおかげでです

#13

和葉

「和葉、ちょっとみてよあれ、やばくない？」

スワンボートを一緒に漕いでいる彼氏がそう言って右のほうを指さした。

「どれ？」

と言いながら、見つけた。水色のシャツを着た男がひとりでスワンボートに乗っていた。たのしそうな表情には見えないが、きちんと漕いでいるらしく確かに前に進んでいる。

「やばくね？　あれ、一緒に行く子に振られたりしたのかな……だとしてもひとりで乗るってやばいよな、しかもあの表情、うけんだけど」

彼氏は大声でそう言って、やべー、とけらけら笑い出した。やめなよ、聞こえるよ、と窘《たしな》めながらわたしはその男の表情に釘付けになってしまった。どういう気持ちで漕いでいるんだろう。「和葉、さぼんないで漕いでよ」と彼氏はすこし機嫌が悪そうに言った。スワンボートにどうしても一緒に乗りたいと言ったのは彼氏のほうだ。乗ってしまえば白鳥の顔は後頭部しか見えず、自転車漕ぎのように思ったよりハードな運動で、スワンボートは乗るよりも眺めるほうがずっといいと思った。わたしは彼氏のそういうカップルらしいことをしたがるところや、聞こえるかもしれない声で他人のことをばかにしたりするようなところが嫌いだと思った。付き合って三週間だけれど、わたしは正直言ってもう別れたかった。漕いでよ、と言われて仕方なく漕ぐ。池の外から見たら、ふたりで仲良く進んでいるように見えているだろうスワンボートは、わたしたちの交際そのもののようだと思った。だとしたらこの男ひとりのスワンボートは、なにに喩えられるのだろう。そう考えながら漕いでいると、男のスワンボートとわたしたちのスワンボートがぶつかりそうになった。やっべ。彼氏が大きな声を出すと、ひとりで乗っているその男は、すっと右手を前に出し、その手を左から右へ動かした。(どうぞ)と、男の口が動いた。どうぞ先に。和葉、漕ぐぞ。と彼氏は小さな声で言って、わたしたちはすこしスピードを上げてそのスワンボートの前を通った。(どうも)とわたしが会釈すると、男はしっかりゆっくり頷いた。

通ってから振り向くと、男がひとりで乗ったスワンボートは静かに、けれど確かに前進していた。わたしはそのスワンボートが遠ざかるのをじっと眺めてしまった。無理やりにふたりで乗るスワンボートよりも、ひとりで乗るスワンボートのほうがずっとかっこいいと思った。

登場人物超過 VOL.13

日常が私を追い込んでくる。

映画やドラマのように全く同じ1日を繰り返したり、時間が巻き戻ったりはしないのだ。

そんな現実から解放される唯一の方法は1人スワンボートに乗ることだ。

漕いでも漕がなくてもいい、ただスワンボートに身を任せて、水の上を漂うのだ。

そしてスワンボートであるということが大事なのだ。存在感があるのに、喋りもしないし、勝手に動いたりもしない、寄り添ってくれているようで全然違う方を向いているその絶妙な距離感が心地よく、不思議と孤独も感じない。

いいんだよ、こういうのでいいんだよ。

時間も忘れて1羽に1人で漂っていると向こうから波が押し寄せてきた。

おそらくカップルであろう男女の2人組は楽しそうにバシャバシャと漕ぎ進めてくる。

なんだかこちらをみて笑っている。

なんで1人なんだろうと思っているに違いない。

青い空、グレーの雲、白いスワンボートと成人男性がひとり。

話のネタにされるのは目に見えている。しかしここで恥ずかしがったら負けだ、俺はもうスワンの一部と化している。

カップルが目の前まで迫ってきたので、私は持ち前のドライビングテクニックで道を譲ってあげた。

余裕だ、これがスワンボートに1人で乗る男の余裕なのだよ。

私の前を通過する時に女性の方に会釈をされた。

あの会釈の感じ、どこかで会ったことあるか、……多分どこでも会っていない。

他人を知人として想像するのも1人の特権だ。

不意にスワンの少し黒ずんだ後頭部に目がいって、その奥に見える景色にちらほらいる幾人かの人がスワンボートを背景に写真を撮っているのが見えた。

撮られている、恥ずかしい。

成人男性が1人スワンボートはさすがに恥ずかしい。

そして、酔う。

テンション上がってしゃかりきに漕ぐカップルの波で酔う。

スワンボートに1人で乗っている自分にも酔っている。

そんな奴と一緒に乗りたいと思う人はいないだろうな。

余裕だ。

帰ろう。

#14

日下部

「日下部さん、きょうおれ、中華食べたいんだけどいける？」

「いいですねえ、最近テイクアウト続いてましたもんね」

タクシーの中ですぐに中華料理屋を検索し、電話して個室を予約した。四十分で食べきれますかと訊くのは野暮だ。食べきれなければ包んでもらえばいい。次の打ち合わせは十四時に渋谷。新しいアルバムの宣伝のために、ここのところは取材対応で忙しい。

「高清水さん、先頼んでおきますけど、絶対食べたいものは何ですか」

「うーん、湯気出るやつ、と炒飯」

なんだそれ、と言うのも野暮である。もう一度電話して、すぐに着くので小籠包と海老炒飯と牛肉のスープと、前菜と炒め物を適当に作っておいて欲しいと頼んだ。

僕が高清水さんのマネージャーになったのは二年前、つまり高清水さんが売れる直前だ。ベテランのマネージャーから急に僕に代わった、その着任を祝う飲み会の帰り道、「曲がうまくできない、もうだめかもしれない」と打ち明けてくれた高清水さんは透けて消えてしまいそうで、それで、そのまま一緒に海へ行った。そうしたほうがいいと思ったから、としか言えなかった。ふたりで防波堤に寝転んでいると、高清水さんはいきなり大きな声を出して、パソコンに歌詞を打ち始めた。その曲が、ものすごく売れた。一緒にびっくりして、一緒に喜んで、一緒に悔しくなって、あっという間に二年が経とうとしている。

たくさん並んだ料理を見て「ああ、ほんとしあわせ」と高清水さんは言い、心底うれしそうに次々と料理を口に運んだ。ひとくちが大きくて、見ているだけで気持ちがいい。

「やっぱり、どれだけ忙しくてもあったかい料理を食べるのって大事かもなあ」

と、炒飯を平らげながらしみじみ言う高清水さんの顔は疲れているように見えた。少なくとも、あと二週間この忙しさは続く。

「僕、忙しいけどいまめちゃくちゃしあわせです、もうちょっとがんばりましょう」

と言った僕も疲れているのかもしれない。温かい中華がやたらと美味しかった。驚いたようにこちらを見る高清水さんと目が合うのが恥ずかしくて、小籠包をひとくちで食べて「うめー」と言った。

登場人物超過 VOL.14

「お疲れ様です！　今日のお弁当、海老チリです！」

「また、中華かー」

生まれて初めて海老チリの中華弁当を見たかのように目を輝かせて持ってきてくれた彼は、私のマネージャーになってもうすぐ一年くらいか。

人の前に立つ仕事というのは華やかな仕事であることに間違いはないが、時間にも迫られ、現場仕事でもあるが故に食事をお弁当で済ませることは日常茶飯事だ。

どうもなぁー、偏ってきてるからたまには油っこくないものが食べたいなんてワガママは言わない。

「なんかあったかいご飯がたべたいなぁ。」

「どこかさがしましょうか？」

「時間あるかな？」

「近くだったら行けると思います！」

なんでも自信満々に答えてくれる彼を見ていると本当に大丈夫なのかとちょっと疑ってしまう。

その日の現場は、自分にとって大きな仕事、それは憧れの人との共演だった。

今までやってきたことが実った瞬間でもあるし、自分が目指していた人でもある。

しかし、こういう時は喜び以上に不安がのしかかってくる。いつも通りの自分のパフォーマンスができればいいのだが、そのいつも通りというのがなかなかできないものだ。

案の定空回りし、自分には才能がないのではないか、何のためにやってきたのかと愚痴をこぼしてしまった。

そんな時も彼は
「大丈夫です！　誰よりも一番素敵でした！」と満面の笑みで答えてくれた。

「君に何がわかるんだ」と言い返す気力がなくなるほど真っ直ぐな目で言ってきた彼のその根拠のない自信にちょっと救われた。

「あ、近くにお店ありました！」

「あれ、結局、中華か」

「はい！　中華です！　でもあったかい中華です！」

「それもそうだな」

と笑ってしまった。

「これ食べて午後も頑張りましょう」と言いながら凄い勢いで食べ進める彼をみて、これからも大丈夫そうな気がちょっとした。

危険です手を
れないでください

#15

父さん

帰省している息子が、突然「動物園に行きたい」と言い出した。驚いて「おれと?」と言うと、「いま父さんしかいないでしょ」と息子は笑った。確かに、妻はきょう仕事があって、家にはおれと息子しかいない。三十に近くなった息子が父親とふたりで動物園に行きたい、というのがどういう意味を持つのか全く分からなかったが、断る理由もなかったので「おう」と言った。

動物園に行くのは息子の学校行事以来、となると、二十年ぶりかもしれなかった。園内のことはすっかり忘れているだろうと思っていたが、いざ行ってみると案外、猿山のあった場所のことなどよく覚えているものだった。息子はカンガルーとキリンとクマのところですこし長めに立ち止まって写真を撮り、あとは「おー」とだけ言って通り過ぎるように歩いた。もしかしたら息子はおれに何か言いたいことがあるのかもしれないと思って、それが切りだされるのを待っていた。仕事を辞める、とか、結婚をしたい、とか、そういう話だった場合にどう返そうか考えているうちに最後の猿山まで来てしまった。トイレから戻ると、息子が猿山の柵に背を向けるように凭れかかっているのが見えた。昔は猿を一匹ずつ指さしては喜んでちっとも帰りたがらなかったのに。まあ、二十年も経っていればそれもそうか……感慨深くなりながら息子と合流すると、息子は不服そうに言った。

「きょう、父さんなんかへんじゃない？　すっげえ顔色見てくるっていうか……おれに何か言いたいことでもある？」

「こっちの台詞だよ、急に動物園なんて。おまえがなんか言いたいことあるから行きたいって言いだしたのかと」

「言いたいことなんてないよ、最近動物園行ってないなと思って」

「本当にそれだけか」

「それだけだよ。息子が父親と動物園に行きたいと思うのがそんなにへんかねえ」

そう言うと息子は「あの猿父さんに似てる」と腹を掻いている猿を指さして笑った。へんなことじゃないな、ぜんぜん。父と息子だもんな、たしかに。気恥ずかしくなって「あの猿おまえに似てる」と木のてっぺんでうれしそうにはしゃぐ子猿を指さした。

登場人物超過 VOL.15

久しぶりに実家に帰った。

動物好きの父は家族と犬に対しての態度が180度違う。犬と幸せそうに戯れている父に出迎えられた。

俺が小学生の頃、友達から譲り受けたハムスターの世話を怠った時に初めてこっぴどく叱られた。叱られたのはその一度だけだ。

「お前も酒好きだよな」と嬉しそうにビールをついでくれた父に、

「あなたの遺伝だよ」と言うと、顔をくしゃくしゃにして笑っていた。

昔からお酒が好きな父は仕事から帰ってくるととても美味しそうにビールを水のように飲む。

子供ながらにそんなにおいしいなら俺も飲んでみたいなと思うくらい美味しそうに飲む。

巨人戦を見ながら試合にあーだこーだケチをつけながら、つまみを食べるからくちゃくちゃと行儀が悪い。

母にはこの食べ方を真似しないように強く言われた。

たらふく食べて飲んでからしっかり酔っ払ってものの10秒でいびきをかく。

またこのいびきがとても大きい。

そして朝起きるといつも辛そうにため息をつきながら出勤する。

こんなになりながらでもお酒を飲みたいものなのかと、子供の俺には理解ができなかった。

ある日「上からでも下からでもいいから1番をとってこい」と言われた。

下からでも？　これも子供の俺には理解ができなかった。

昨日ふたりでお酒を飲みながらいろいろと思い出した。

学校から渡された大事な紙を教室に忘れた時、母からの長い説教の締めに父が言った。

「まぁ、忘れ物してもいいけど、命だけは持って帰ってこい」。

思い出した言葉たちは父が俺に大切にして欲しいことだと今ならわかる。

そんな父となぜか今、ふたりで動物園に来ている。

ぼーっと猿山を見ていたとき、不意に父が
「連絡はいらないから、帰れる時にはいつでも帰ってこい」と言ってきた。

俺は嬉しい気持ちを悟られないように「うん」と返事をした。

「メシ食って帰ろう」

会話のない帰り道、明日は2人とも二日酔いだ。

戸塚さんを捕まえる あとがきにかえて

くどうれいん

　俳優の戸塚純貴さんとタッグを組んで連載をしないかと言われたとき、そんな大仕事わたしにはとても務まらないので、別の方のほうが、と、一度は断ろうとした。すると当時の編集長（彼も盛岡出身である）はわたしに言った。

「彼のおもしろさをほかの人が書いたら悔しくないですか？」

　それで、負けず嫌いのわたしはすぐに引き受けてしまった。それはほとんど反射のようなものだったので「彼のおもしろさ」というのを、あまり理解しないままに引き受けた。編集長はその日、「力」と書かれてあるジョッキでビールを飲みながら、戸塚さんの魅力について力説していたが、どの魅力も多面的過ぎて、ひとりの俳優のことを言っているようには思えなかった。しかも、かならず最後は「でもぼくにもまだよくわかっていない」と締めるのだった。よくわからないから捕まえてくれ、と言われているような気分だった。とにかく、戸塚純貴という俳優を何か特定の印象に偏らせるべきではないということだけが確かだったから、連載タイトルを「登場人物未満」と提案した。本来であれば、俳優はそれを超えて「どんな人でも登場人物にする」仕事かもしれなくて、いささか失礼なタイトルになる可能性があるとも思ったけれど、普段登場人物になる仕事をしている戸塚さんだからこそ、もう一段日常に寄った人物として、「いるかもしれない男」として描くことが出来ないか。この連載はわたしなりにそういう試みだったのだけれど、書けば書くほど戸塚さんがどんな人かわからなかった。

戸塚さんにはこの連載のためにこれまで二度対面している。盛岡という同郷出身ということもあり、やっぱりどうしても「ガンライザー（*）の人」というイメージがある。いつお会いしても（地元のお兄さん）という目で見てしまう。お会いする度にたくさん話してきたはずなのに、いろんな表情を見せてくれているはずなのに、結局最後には「はて、結局戸塚さんって、なんだったんだろう」と思う。こちらが捉えたと思う戸塚さんは気が付けばいつも枕のようなかたちをした大きな空気で、どれも戸塚さんで、しかしどれも「本性」ではない気がしてしまう。捕まえてやろうではないか。書籍になるにあたり、もう一度戸塚さんとお会いしたいと申し出た。とても忙しい中で時間を作っていただき、ここで初めてわたしは戸塚さんとふたりきりで話した。

午後に下北沢のカフェで会うと、寝起きでお腹が空いていると言って戸塚さん

＊『鉄神ガンライザー』…テレビ岩手で放送されていた特撮シリーズ番組。
戸塚さんは2015年放送の『鉄神ガンライザーNEO2』に時雨／ガンライザーZERO役として出演。

はハンバーガーセットを注文した。わたしはお昼を食べてきてしまったけれど、戸塚さんだけ食べるのも気まずくさせてしまうかもしれないと思いデザートメニューを眺めた。季節のパフェを注文して店員さんが下がると、きょうはないのだと言う。うろたえながらティラミスを注文すると、戸塚さんは「パフェ以外ぜんぜんぐっときてないじゃん」と小声で言って笑った。図星だった。正直こころ惹かれるものがパフェしかなかったので、それがないと言われてかなり慌てた。戸塚さんの核心を摑んでやる、と意気込んでいたのに、先に旗を取られたような気がして内心もうだめかもしれないと思った。緊張しているのかもしれなかった。

まずは、わたしと戸塚さんが近くで過ごしていたはずの高校時代の話をした。わたしの高校と戸塚さんの高校は、まあまあ近い場所にある。わたしは戸塚さんの二つ下だから、戸塚さんが三年生でわたしが一年生の一年間だけは同じ駅を利用していたはずだと思ったのだ。

「戸塚さんって高校までどうやって通学してたんですか」

「んーとね、家からチャリ」

「な、なんで……」

戸塚さんの自宅から高校まではかなり距離があるから、バスか電車を使っているはずだった。チャリ？　遠すぎて混乱する。

「片道一時間かかってたなあ毎日。変速機能のないママチャリがかっこいいって信じてたから」

「電車もバスもあるじゃないですか」

「電車は出来るだけ乗りたくなかったんだよね。別に仲わるい人がいるとかそういうことじゃないんだけど。チャリってひとりでしょ、それがよかったのかも。あ、でも」

雨の日とかはさすがに電車だったから、駅で一緒だった時もあったのかもね。とほほ笑みながら戸塚さんはハンバーガーに食らいついた。豪快に美味しそうに食べるので、わたしは慌てて編集さんに貸してもらったカメラを取り出して何枚か撮った。とにかくたくさん聞いてみたいことがあって、いくつも聞いた。

「子どものころの夢はなんですか」

「レスキュー隊、オレンジの服がかっこよかったから」

「倒すんじゃなくて、助けたかったんですか」

「そうかもしれない」

「じゃあ、昔やった劇で何の役でしたか？　幼稚園とか小学校の、学習発表会の劇」

「うわあ、なんだったっけなあ。ああ、『くじらぐも』の雲の役。いっぱい居てぜんぜん目立った役じゃないやつ」

「目立つのがすきな子どもだったんですか」

「すき、ずっと」

「高校のとき、前略プロフとかホムぺってやってましたか」

「何だっけそれ」

「こういうやつ」

「ああーやってた！　バイク好き同士でやってるホムぺあったかも。黒地に青とかピンクとかネオンっぽい字だった気がする。更新まったくしなかったけど。でもまあそういうのやってたってことはちゃんとモテたかったんだろうなあ」

「モテましたか」

「いやあ、無理無理。だっておれ、ヒップホップに憧れて髪がへんだったんだもん」

「へん？」

「上半分髪あるのに下半分坊主で。完全に頭がチュッパチャプスコーラ味だったから」

なにそれ。わたしは食べていたティラミスのクッキーを喉にひっかけて笑いながら噎《む》せた。どんな状態なのか完璧に想像できているような気もしたが、果たしてそれがヒップホップなのかわたしにはよくわからなかった。ひとしきり笑った後で、本当に聞いてみたかったことを訊ねた。

「戸塚さんって野望はあるんですか」

「ないねえ」

本当にまっすぐな目で即答だったので、何かしらあるだろうと踏んでいたわたしは狼狽えた。

「もっと大きな仕事をしたい、とか、そういうのも？」

「お芝居がすきってだけで、作品に大小も勝ち負けもないからねえ」

わたしは心臓に透明な針が刺さったようなきもちになり「うう」と言った。わたしには正直野望ばかりある。野望、というのはつまり漠然と「大きくなりたい」「もっと届きたい」という種類のもので、そのためにはもっと「大きな仕事」を成し遂げる必要があるとわたしは信じていた。大小も勝ち負けもない。そうすんなり言われてしまって、わたしは壁に凭《もた》れた。ずるいじゃんか、それは、かっこよくて。わたしが下唇を突き出して壁に背中を預けると、戸塚さんは慰めるようになんとかして自分の野望を探してくれようとした。

「でも、やっぱり仕事の野望はないなあ、賞とかそういうのは、やるからには欲しいものではあるけど……」

「いーっぱい褒められたい、とか、いーっぱいお金稼ぎたいとかないですか」

と言いながら、褒められるのもお金を稼ぐのも、きっと戸塚さんはそんなに興味がないのだろうということはもうわかっていたので、「いーっぱい褒められたいですようわたしは」と不貞腐れるように言った。

「調子に乗りたくないいんだよなあ」

フライドポテトをひょいと食べながら、戸塚さんは切ない顔で言った。

「褒められても必要以上に喜ばないようにしないと調子に乗っちゃいそうで」

「調子に乗る?」

「そう」

「たとえばどういう?」

「うーん……露骨に態度が悪くなるとか、豪遊とか、女遊びとか」

戸塚さんから羅列される「調子に乗る」の例が、あまりにも「普通の人が想像する芸能人の調子の乗り方」すぎて吹き出しそうになったが、芸能界というのはそれそのものなのかもしれないとも思い、どんな顔をすればいいかわからなくなった。

「おれ意外と理性あんのよ」

戸塚さんは、へへん、と自信ありげに言ってフライドポテトをもうひとつ食べた。（なんだその台詞）と思ったらおもしろくて笑ってしまった。戸塚さんには理性があるらしい。わたしには、たぶんない。理性があったら文章を書くことにのめりこまずに済んでいたと思う。褒められたい、もっとすごくなりたい。そういう野望ばかりで理性は二の次の十代を過ごしてきたと思う。

「いいなあ理性あって」

と思わずぼんやりと口に出して、（なんだこの台詞）と我に返った。

「れいんさんにはないの？　理性」

「ないですね、理性。野望ばっかりで理性ってないです」

口に出してみるとなかなかに情けなかった。わたしには理性がない。たははは、と笑うと「ないかあ」と戸塚さんも笑ってくれた。しょうがないかそれじゃあ、みたいな顔で笑ってもらえてうれしかった。「おれは理性あるよお」と戸塚さんは言って、無邪気に、こころの底から（えっへん）という顔をしていたが、急に真面目な顔になって聞いてきた。

「ところで、れいんさんの理性ってどんなのですか」

「先のことを想像する……いや、この先の自分を信じる力、みたいなものですかね。未来もちゃんとしている自分のことを信じていまの自分がちゃんとする、みたいな。わたし、そのへんちょっとどうでもよくなっちゃって、不幸じゃないと書けないんじゃないか、とか思いそうになるときあるので」

「じゃあおれと違うかも。おれの理性って『かっこわるいことしたくない』みたいなことだから、れいんさんの理性のほうが難しそう。あ、おれもなんか甘いもの頼もうかな」

戸塚さんがチーズケーキを注文する間、戸塚さんの言葉を噛み締めてしまった。そうか。かっこわるいことをしないのが理性。とてもシンプルだけれど妙に納得できる気もした。

チーズケーキが届くころには、もう自分の質問で戸塚さんの核心のようなものに迫ることを諦めていた。作家と俳優。職業は違うけれど、表現する人間としてきっと同じようなタイプなのだろうと、自分と似た人として括ろうとしていたことに気づかされた。戸塚さんは思った以上に無欲で、しなやかで、寛容な人だった。戸塚さんの前に立つと、自分がいかに貪欲で、気にしいで、自分の捉えられ方をコントロールしたいと思っているのか思い知った。ノートにいくつも書いておいた質問はどれも戸塚さんの人柄を解き明かすためだったはずなのに、彼の目の前でそれらを読み返してみると、どれも自分の抱えている悩みのように思えてきた。

「わたし、ずーっと誰かに嫉妬してるんです。誰かに嫉妬するの、やめたい」

〈嫉妬はしますか？〉と書かれていたけれど、その通り訊くのをもうやめた。嫉妬するんです、わたしは。と言うべきだと思って、素直にそうした。

「嫉妬かあ……」

それからしばらくわたしの嫉妬がどんな嫉妬か打ち明けた。戸塚さんは腕組みして真面目に聞いてくれて、そのあとすこし考えて、閃いたように言った。

「れいんさん、自分と闘ってんだあ！」

ぱっかん、とくす玉が開くような言い方だった。大発見のように明るく、けれどしみじみとしていた。あまりに（見つけた！）という表情なので、そう言われるとそんな気がしてきて項垂れた。わたし、自分と闘ってんだあ。

「嫉妬、昔はあったよ、同世代で先に売れた人とか。でもおれ無理すんのやめたの、三十になったとき。結構意識してやめた。もちろんそのくらいのタイミングで目標としている作品に巡り合ったり、それによって期待して貰えるようになってきたっていうのもあるんだけど……躍起になんのやめよ、無理すんのやめよ、って」

「それって、本来の性格が躍起になるのに向いてなかったってことですか」

「めちゃめちゃそう、たのしくなかったんだよね、無理してたころって、思い出してもちゃんと無理してたし」

「そっか……でも戸塚さんって、苦労をあんまり表に出さないですよね」

「苦労してる自覚はそのときはないっていうか。苦労してないとは思ってないけどね、でも、苦労って人に伝えるものじゃないから。インタビューとかで苦労したことについて聞かれたりするけど、どう答えたらいいのか……いや、相手が欲しそうな言葉はわかるんだよなあ。でも、それをかんたんにはあげないよって思っちゃって、いやあ、ないっすねえ、ってなっちゃう」

　苦労した話に限らず、インタビュアーが答えを用意したうえでこちらに質問してくるときの、あの、生身の自分を見てもらえていないくやしさのようなものはわたしもよく知っている。しかし「あげないよ」。その言葉にどきっとする。目の前でにこにこしているけれど、戸塚さんはわたしにも「あげないよ」と思っているかもしれないのだ。戸塚さんのことを、それまでは（いいなあ）と思っていた。欲望からすこし距離を置くことが出来ていて、些細なことを気にしない。そういう人って身軽でいいなあ、と。しかし、もしそれが意識的なもので、戸塚さんが（こういう人になりたい）と思考と行動を積み重ねて手に入れた人間性だとしたら。わたしは戸塚さんの性格に手放しで（いいなあ）とだけ言っていいのだろうか。わたしは自分の浅さと向き合うほかなかった。

「……無理するのってやめられますかね、わたし今年ちょうどその三十歳なんですけど」

最初の威勢はすっかりなく、わたしはもはや縋りつくようにそう訊ねていた。戸塚さんはフォークを置いて「うーんそうだなあ」と考えてくれた。

「だれでもちょっと無理してがんばんないと保てない、嫌でもやんなきゃなってときはあるからね。それに、たのしいと無理してるってかんじがないよね、だからおれ結構たのしいかも、いま。れいんさんもたのしいならいいんじゃない」

傍から見ると無理をしているようでも、たのしいから全然大丈夫、ということは確かにあると思う。たのしい、と笑う戸塚さんの笑顔があまりに眩しくて、本性を捕まえてやると意気込んでいたことがいよいよ恥ずかしくなってきた。

戸塚さんとわたしは結構正反対なのかもしれない。しょっちゅう嫉妬するわたしと、嫉妬と無縁になった戸塚さん。褒められたいわたしと、そんなに褒められなくてもいい戸塚さん。できるだけよく思われたいわたしと、周りからどう思われるかをそんなに気にしない戸塚さん。どう比べても圧倒的に戸塚さんのほうがかっこいい。うらやましくてくやしくて、わたしは細長いため息をつくと降参の代わりに言った。

「わたし、今回戸塚さんがどんな人か理解したいな、というか、本性、みたいなものを捕まえるぞって意気込んできたんですけど、そういう態度自体がとてもよくないような気がしてきました」

戸塚さんはいろいろ考えたうえで、たくさんの経験があるうえで、寛大なきもちで人と接する思慮深い人なのだ、きっと。それなのに、どうして。戸塚さんはすこし戸惑った顔でケーキを大きな一口で食べ、もくもくと咀嚼しながらだんだん眉を下げた。

「どういう人かわからない、って、おれ母親にも言われたんだよねえ。どういうときに喜怒哀楽が生まれているのかわからない、って。そんなこと親が言うなよ、って、思うんだけどさ。おれ、ふつうに生活してるだけなのに」

ねえ。戸塚さんはやれやれとそう言った。「ふつうに生活してるだけなのに」と言う顔があまりに困った表情なので笑ってしまう。ふつうに生活しているだけなのに、いろんな人に、（本当は何を考えているのかわからない）と思われてしまう戸塚さんの本気の困り顔だった。困った戸塚さんには妙な色気があった。

「何考えてんのって言われても、何にも考えてないんだよなあ」

「何にも……考えてないんですか」

「うん、考えてないの。本当に」

戸塚さんはまっすぐに言った。ええ……。すっかり思慮深い人だと思ったばかりだったからわたしは仰け反って、混乱してお茶をごくごく飲んだ。コップがすっかり結露していて、水滴がぼたぼた太腿に落ちた。あれあれあれ。戸塚さんて、結局、ええと、じゃあ、何も考えてないってこと……？

ということは、つまりだ。戸塚さんは何も考えずに普通に生活しているつもりらしい。それをわたしのように（本当は何を考えているのかわからない）と推察してくる人がたくさんいる。きっとわたしに連載の依頼を持ってきた元編集長もそのひとりだ。「戸塚純貴」は彼自身が旗を握って大きな自我を追求して突き進んできたというよりも、たくさんの周りの人の推察によって形成されてきた船のようなものらしい。わたしたちはどうしてかいつも彼のことが気がかりで、本人がいないところでも（戸塚さんってどんな人なんだろう）と考えたり、会話に花を咲かせてしまう。そういう吸い込まれるような魅力があるのに、本人はいつだってきょとんとしている。

「じゃあ、いろんな人に『あなたはこういう人なんじゃないか』って、言われるとき、戸塚さんって、どう思ってるんですか」

「へえー、って」

「へえー」

繰り返しながら、お手上げだと思った。だって、戸塚さんを育てたお母様でさえ（何を考えているんだ……？）と思っているのだ。ほんのちょっとご一緒したくらいのわたしがわかるわけがなかった。どう定めたってこちらの勝手でしかない。

「だってさあ、みんな自分で自分のこと、そんなわかんなくない？」

と言って、戸塚さんはチーズケーキの最後の一口を食べると困った顔で笑った。

「わかるでしょう、だいたいは」

とわたしは即答して、冗談を笑うように笑ったが、すぐに真顔になった。本当にそうだろうか。わたしは本当にわたしのことをわかっているのだろうか。わかった気になっているだけではないか。戸塚さんのようにこんなにもまっすぐ「自分のことはわからない」と言える素直さがわたしには欠けているのではないか。

「自分が何をすきで何を嫌いかははっきりわかるかもしれないけど、自分がどんな人かってことは、わかんないな、おれは」

戸塚さんの食べきったチーズケーキのお皿は食べこぼしひとつなくとてもきれいだった。ずるいじゃんそんなの。と思いそうになってとどまった。戸塚さんはずるくない。ひたすらまっすぐだ。わたしがひねくれすぎているだけ。戸塚さんを捕まえようとして強く握っていたはずの網のようなものがぐんにゃりとすっかり曲がるのがわかった。「捕まえた」と思った尻尾はどれも戸塚さんに「おれのです」「それもおれのです」と肯定されてしまって、結局どれが本当の戸塚さんなのかわからない。戸塚さんと話していると自分とばかり目が合う。戸塚さんと話しているのか、自分自身と話していたのかわからなくなってくる。戸塚さんがどんな人か知りたかったのに、自分がどんな人かわからなくなってくる。わたしはお茶の残りの一口を飲みながら、最後の質問をした。

「じゃあ、だれかにあなたはこんな人ですよね、ってどんな風に言われても『おれはそうなのかもなあ』ってこころから思うんですか」

「うーん、ぜんぶちがうけどぜんぶそうかも、って、思うかな。なんでもいいんだあ」

戸塚さんは笑った。なんでもいいんだあ。と繰り返して、わたしも笑って、丁度時間になった。お店の外に出ると分厚いお湯のように暑い。戸塚さんは「あっつー」と言いながらひらひらと手を振っていなくなった。

帰路（こんな人なかなかいないよ）とわたしはまた戸塚さんのいないところで戸塚さんのことを考えた。戸塚さんはみんなに尻尾を摑ませるのにそれはどれもちがう尻尾で、しかし本人は、どれも自分だと言う。そのきょとんとした狐のような顔が憎たらしいほど愛らしく見えるときと、強烈な凄みに見えるときとがあって、わたしはますます戸塚さんのことがわからない。

写真
小見山峻　カバー、P1 ～ 8、P151 ～ 158
干川修　P14 ～ 61、P110 ～ 133
菅原結衣　P62 ～ 109
くどうれいん　???

スタイリング
森大海（AGENCE HIRATA）カバー、P1 ～ 8、P151 ～ 158
望月唯　P14 ～ 133

ヘア＆メイク
上野知香　カバー、P1 ～ 8、P151 ～ 158
MAIMI　P14 ～ 61
最上ヒロ子　P62 ～ 109
Nori（クジラ）P110 ～ 133

衣装協力
カバー、P 1 ～ 8　**Tamme ／ Sakas PR、Swarovski Jewelry ／ Swarovski Japan**
P151 ～ 158　**Séfr ／ Sakas PR、Swarovski Jewelry ／ Swarovski Japan**

装丁
森敬太（合同会社 飛ぶ教室）

校正
向山美紗子

DTP
川里由希子

戸塚純貴（とづか じゅんき）
俳優。1992年7月22日生まれ、岩手県盛岡出身。2011年ドラマ『花ざかりの君たちへ～イケメン☆パラダイス2011』で俳優デビュー。連続テレビ小説『虎に翼』轟太一役で話題に。近年の出演に、ドラマ『だが、情熱はある』『青島くんはいじわる』、映画『赤羽骨子のボディガード』『スオミの話をしよう』ほか。

くどうれいん
作家。1994年11月10日生まれ、岩手県盛岡出身。著書にエッセイ集『わたしを空腹にしないほうがいい』『うたうおばけ』『桃を煮るひと』『コーヒーにミルクを入れるような愛』などがある。初の中編小説『氷柱の声』で第165回芥川賞候補に。現在、『群像』にてエッセイ「日日是目分量」ほか連載多数。

登《とう》場《じょう》人《じん》物《ぶつ》未《み》満《まん》

2025年1月29日　初版発行

モデル：戸塚純貴
文：くどうれいん

発行者／山下直久
発行／株式会社 KADOKAWA
〒102-8177
東京都千代田区富士見2-13-3
電話 0570-002-301（ナビダイヤル）

印刷・製本／TOPPANクロレ株式会社

ISBN 978-4-04-115513-4　C0093